МУЛЬТСКАЗКА

ТРИ ДРОВОСЕКА

МОСКВА, «ЯБЛОКО», «ДЕТИЗДАТ», 2015 г.

Жили-были Пузырь, Соломинка и Лапоть. Осенью в домике, где они жили, стало холодно. Однажды рано утром Соломинка стала будить своих друзей: «Эй, Пузырь! Эй, Лапоть! Вставайте!» Пузырь открыл глаза и спрашивает: «Что, каша уже готова? Где моя большая ложка?»

А Соломинка и говорит: «Дрова у нас кончились, кашу варить не на чем. Хочешь есть калачи, не сиди на печи».

И отправились друзья в лес дрова рубить.

Пузырь впереди бодро шагает. Лапоть за ним с боку на бок переваливается. Соломинка последняя, на ходу качается.

Шли, шли — вдруг река. Как через речку перейти? Пузырь и говорит: «Пусть Соломинка

перетянется с берега на берег, а мы по ней перейдём». — «Нет уж, — отвечает Соломинка, — знаю, что из этого может выйти: Лапоть пойдёт по мне, я переломлюсь. Лапоть упадёт в воду, а Пузырь начнёт хохотать, да и лопнет».

«Ну, тогда давайте я вас перевезу, — сказал Лапоть. — Я мужик здоровый, со мной ничего не случится».

Когда друзья перебрались на другой берег, Лапоть так промок и замёрз, что начал чихать и кашлять.

Пришлось развести костёр и повесить Лаптя сушиться. Пока Соломинка собирала хворост для костра, Пузырь заснул, и Лапоть чуть было не сгорел. Хорошо, что Соломинка подоспела вовремя.

Отогрелся Лапоть, подсох. И принялись они с Соломинкой за дело. К вечеру нарубили много-много дров.

А ленивый Пузырь разрубил одно поленце, сложил поленницу, уселся под берёзку отдохнуть и снова заснул.

И только ему хороший сон начал сниться про вкусную кашу, как услышал он голос Соломинки: «Вставай, лентяй! Уже поздно, пора домой идти».

Обратный путь был нелёгким. Погода испортилась. Начало темнеть. Пошёл снег. Руки и ноги замёрзли, дрова тяжело стало тащить.

А Пузырь, хоть и немного работал и поспать успел, идёт да из своей вязанки по поленцу выбрасывает, будто роняет. Знает, что Лапоть всё равно подберёт.

И стал Пузырь до того лёгким, что налетевший ветер подхватил его и унёс высоко-высоко, к самым верхушкам деревьев.

Долго носил ветер Пузыря. Наконец зацепился он за сучок. Развязалась верёвочка на его макушке. Из Пузыря вышел воздух.

Несчастный упал на землю, распластавшись, как блин. И погиб бы Пузырь, если бы вовремя не подоспела Соломинка. Она быстро надула Пузыря, крепко завязала верёвочку на его макушке, и он снова ожил.

Ленив был Пузырь, но на этот раз все дрова, что друзья нарубили, взвалил на себя. Даже пилу с топором попросил. Идёт, кряхтит, к земле прижимается. А Соломинка его и спрашивает: «Не устал ли, Пузырёк? Давай помогу». — «Нет, спасибо, — отвечает Пузырь, — мне больше летать не хочется».

Подошли друзья к речке. А речку льдом затянуло, и переплывать не надо. Радостно заскользили к своему домику. Только вдруг тонкий лёд треснул, и все оказались под водой. Но лёгкий Пузырь тут же вынырнул из воды, надулся что было силы и вытащил из воды своих друзей.

Поздно ночью вернулись дровосеки домой. Истопили печку. Соломинка наварила каши. Сели друзья за стол. А Соломинка говорит Пузырю: «Вот тебе твоя большая ложка! Ешь на здоровье!»